LE
PORTE-FEUILLE
RENDU.

PORTE-FEUILLE RENDU, OU LETTRES HISTORIQUES

PAR

MADEMOISELLE

DE S*** Saint Phallier

SECONDE PARTIE.

A LONDRES.

MDCCXLIX.

LETTRE DIX-SEPTIE'ME

DE MADEMOISELLE

DE * * *,

A SON AMIE.

NE m'accuſez point de pareſſe, ſi j'ai interrompu mon Ouvrage, c'eſt que j'ai eu des affaires qui ne m'ont pas permis de continuer.

Mais vous êtes bien méchante, quoi vous cherchez querelle à Sainte Iſidore, parce qu'elle ſuſpend par ſon récit la fin des aventures de Madame d'Her... Vous croyez ne pouvoir mieux faire pour vous en venger, que de lui refuser votre compassion. Ah ! que vous changerez bien de disposition pour elle ! & je crains bien qu'elle ne vous intéresse encore plus que Madame d'Her... Cette derniere a enfin été heureuse, au lieu que cette pauvre Religieuse a été trompée si cruellement, que vous ne pourrez y tenir. Avant peu vous me remercirez de n'avoir pas supprimé son histoire. Ecoutez-la parler.

HISTOIRE

DE SAINTE ISIDORE.

Hé bien, ma chere fille, il s'agit donc de vous convaincre que je ſuis plus malheureuſe que vous, me dit Sainte Iſidore, lorſque nous fûmes enſemble. Vous verrez, ajouta-t-elle, qu'il n'y a rien de ſi vrai; & ſi je ne vous ennuie pas, j'eſpére vous guérir des préjugés avantageux que vous aviez pour les hommes. Mon pere étoit Gentilhomme de Baſſe-Normandie : ſa fortune ſans être opulente ſuffiſoit pour lui, ſa femme & deux filles que nous étions. Plusieurs Gentilshommes, voisins de mon pere, avoient lié avec lui une espéce de société, & on se voyoit souvent les uns chez les autres. On se procuroit mutuellement tout l'agrément qu'il est possible d'avoir dans une petite Ville de Province. Je vécus dans l'innocence de ces plaisirs, jusqu'à près de vingt ans; j'ignorois les douceurs de l'amour, mais aussi je n'en connoissois pas les peines : mon état étoit tranquille. Ce n'est pas que je n'eusse entendu quelquefois de fades douceurs, débitées par les Galans de notre Province; mais c'étoit d'une façon si mausſade, que j'en étois rebutée. Quoiqu'élevée avec ſimplicité, & éloignée du grand monde, je me figurois un autre genre d'hommes plus aimables.

J'avois cette idée, ſans cependant qu'elle fût ſuivie du déſir de les connoître. Une affaire qui ſurvint à mon pere, obligea ma mere d'aller à Falaize, dont nous n'étions qu'à quatre lieues ; elle me mena avec elle. Nous deſcendîmes chez une Dame de ſes Amies, femme aimable, qui raſſembloit tous les jours chez elle la meilleure compagnie de Falaize. C'étoit dans un tems de vacances ; les jeunes gens envoyés à Rouen & à Paris, pour différentes études, se rendoient chez leurs parens dans cette saison. Madame Blainville, l'amie de ma mere, avoit un neveu, qui étoit venu passer ce tems chez sa tante : il avoit amené avec lui un de ses amis. Comme cette Dame étoit veuve & riche, qu'elle aimoit beaucoup son neveu, il disposoit plus qu'elle-même de sa maison : en conséquence, son ami fut bien reçu. Ce fut-là l'époque de mes malheurs. Je trouvai dans cet ami tout ce que j'avois imaginé de ces hommes que je n'avois point connus jusques à ce moment ; mais que je croyois qui devoient exister. Monsieur L. D. ami du neveu de Madame Blainville, étoit d'une taille ordinaire : il avoit l'eſprit vif, amuſant ; le teint brun, mais animé ; un air aiſé, dégagé ; enfin il étoit tel que ſont ceux qui ſe ſont formés dans une Ville comme Paris, école auſſi utile que dangéreuſe par les occaſions fréquentes qu'elle fournit de donner dans le travers. La politeſſe qu'on acquiert par l'uſage du monde, ne devroit que rendre plus aimable, & perfectionner le caractere. Elle opere quelquefois le contraire : elle aide fort ſouvent à compoſer le langage, à s'exprimer aux dépens de la vérité, qu'on outrage en même tems. Je ne dois ces lumieres qu'à mon expérience, car j'étois bien éloignée alors de penser si judicieusement ; je ne connoissois pas encore le monde, ou plutôt je n'avois encore que des notions simples, rustiques même, mais vraies : & j'aurois regardé comme un crime, ce qui m'auroit porté à douter de la même candeur dans le reste des hommes. Cette bonne foi contribua à ma perte, puisqu'elle ne me laissa appercevoir en Monsieur L. D. que ce qui pouvoit me séduire. Je l'aimai avant de m'en appercevoir ; & il me persuada aisément de sa reconnoissance : il avoit peu de peine à me convaincre, disposée comme je l'étois en sa faveur. Ma mere avoit fini ses affaires, & vouloit s'en retourner. Madame Blainville l'engagea à rester jusqu'au départ de son neveu. Mon Amant paroissoit transporté de ce retard; & j'y répondois de bon cœur. Il me demanda quels étoient les biens de mes parens: pour la premiere fois je sentis la médiocrité de leur fortune; je lui en fis l'aveu, non sans que mon amour-propre en souffrît beaucoup. Il me jura que je ne lui en étois que plus chere, que son bien lui suffisoit pour nous deux; qu'il n'en étoit que plus assuré de m'obtenir de mon pere & de ma mere, par l'avantage qu'ils trouveroient dans ce mariage ; qu'il ne dépendoit que d'un Oncle qui l'aimoit beaucoup, & qui ne s'opposeroit sûrement pas à son inclination. N'adopte-t-on pas tout ce qui flate ? je crus donc que je pouvois sans crainte, me livrer à mon penchant pour lui. Qui ne l'auroit pas aimé, avec un apparence de sentimens si généreux ? Dans ce tems le Neveu de Madame Blainville tomba malade : cet accident décida notre retour près de mon pere. Je fus très-sensible à cette séparation ; mon amant paroissoit partager sincerement mon affliction : il me promit qu'aussitôt que son ami feroit convalefcent, il l'engageroit à aller paffer quelques jours chez mon pere, fous le prétexte d'y reprendre des forces, & qu'il l'accompagneroit; que nous prendrions alors des mefures, pour terminer un mariage d'où dépendoit le bonheur de fa vie. Ces affurances me tranquilliferent & je m'en retournai avec l'efpoir de le revoir bientôt. En effet trois femaines après, fon ami & lui arriverent chez mon pere, qui les reçut très-bien; de mon côté je faifois les honneurs du logis du mieux qu'il m'étoit poffible. Les deux premiers jours nous fûmes fort gênés; nous étions obfedés par mon pere, ma mere ou ma sœur. Je ne sçavois comment faire, ma sœur m'étoit fort attachée, je la mis dans ma confidence : elle me facilita les moyens de parler à M. L. D. Nous allions nous promener toutes deux, M. L. D. & son ami nous suivoient sans affectation, cela ne pouvoit choquer la plus exacte bienséance : ma sœur amusoit le Neveu de Madame Blainville, j'en profitois avec mon Amant. Cinq ou six jours après leur arrivée, ils parlerent en dinant de leur départ, pour ne pas incommoder mon pere, en restant plus long-tems. On eut beau les assurer qu'ils faisoient plaisir, le Neveu de Madame

Blainville fixa son départ à deux jours de-là. J'étois très-affligée de cet arrangement, & aussi-tôt qu'on eut quitté la table, je m'en allai dans le Jardin, pour donner un libre cours à ma douleur. Il n'y avoit que quelques minutes que j'y étois, lorsque j'apperçus mon Amant qui venoit à moi; j'étois inquiéte de ce que je n'avois pas ma sœur: il me rassura sur ce qu'elle étoit restée pour amuser ma mere, pendant que son ami faisoit un piquet avec mon pere. Il me marqua le chagrin qu'il avoit d'un départ si précipité, il me fit mille sermens de ne pas être tranquille jusqu'à ce qu'il pût venir s'unir à moi. Insensiblement nous nous trouvâmes au fond du Jardin, dans un endroit assez solitaire; il m'engagea à m'asseoir: voyant que je pleurois, il se mit à mes pieds, m'assura d'un amour éternel. Il étoit si tendre, ou plutôt il me le paroissoit, que je me rassurai sur la foi de ses sermens. Je lui marquai trop toute la confiance que j'y avois: hélas! il en abusa, il me trouva foible, il en profita, avec une témérité qui auroit bien dû me faire connoître combien peu il m'estimoit; au contraire, je crus que cette preuve de mon amour l'attacheroit à moi, lui serviroit de chaîne: que je connoissois bien peu les hommes! Sainte Isidore à cet endroit de son récit, fut arrêtée par les larmes que lui arracha un triste souvenir, j'y joignis les miennes ; & pouvois-je les refuser ? jusques-là, c'étoit presque mon histoire qu'elle faisoit. Après qu'elle fut un peu calmée, je ne voulus pas la laisser continuer ; il étoit tard, elle avoit besoin de repos, je l'engageai à aller se coucher : nous nous promîmes de nous joindre le lendemain après le diner. Laissons dormir nos historiennes ; sans adieu, chere Amie.

LETTRE XVIII.

HE bien, ne vous avois-je pas prédit, que vous aimeriez Sainte Isidore ? ce sera bien autre chose, lorsque vous la verrez malheureuse. Vous croyez prévoir ce qui lui arrivera ; vous serez encore étonnée. Laissons-la parler.

Suite de l'histoire de Sainte Isidore.

Dès que nous fûmes sorties du Réfectoire, Sainte Isidore se rendit à ma chambre, & continua.

Le

Le lendemain, veille du départ de mon Amant, nous convînmes de la façon dont nous devions nous y prendre pour écrire : il me donna une adresse à Paris, où il pourroit recevoir mes lettres ; & me promit qu'avant peu, il viendroit se joindre à moi, pour n'en être plus séparé. Dès qu'il fut parti, je fis des réflexions que j'aurois dû faire plutôt. Je n'étois plus soutenue par les caresses de mon Amant, ni par ses sermens. Je lui écrivis aussitôt, & ma lettre arriva à Paris avant lui. Il y fit réponse dans les termes les plus passionnés. Six semaines après son départ, je m'apperçus d'un état dont la certitude m'accabla. Je me hâtai d'en instruire M. L. D. Cette fois il garda le silence, je lui écrivis encore, point de réponses ; je pensai mourir. Qu'allois-je devenir ? un affront de cette nature ne se pardonne pas en Province. Les Provinciaux sont severes sur cet article. J'allois donc être diffamée, ma foiblesse m'alloit perdre dans l'esprit de ceux qui peu auparavant m'avoient cru digne de leur estime. J'hazardai une troisiéme lettre, dictée par le désespoir ; il y répondit enfin, & s'excusa sur ce qu'il avoit été en campagne ; qu'il avoit toujours espéré avoir quelque chose de plus positive à me faire sçavoir ; qu'il n'y avoit suivant les apparences qu'un peu de patience à prendre ; il me recommandoit le gage qu'il m'avoit laissé de son amour pour moi ; qu'il comptoit qu'avant qu'on pût s'appercevoir de mon état, qu'il me délivreroit de toutes mes inquiétudes, qu'il traitoit d'injustes.

Cette Lettre me tranquillisa un peu. Je continuai de lui écrire ; mais pour le coup ce fut inutilement, pendant plus de trois mois. Je tombai malade de chagrin ; ma mere qui m'aimoit, étoit alarmée de mon état : elle s'étoit apperçue depuis quelque tems, que j'avois un fond de mélancolie qui ne m'étoit pas ordinaire ; elle ne quittoit pas le chevet de mon lit. Quelquefois elle me surprenoit dans des gémissemens qui l'attendrissoient. Enfin elle me me pria plus en amie qu'en mere, de lui ouvrir mon cœur, elle m'en pressa avec tant de tendresse, que je lui confiai ma peine. Elle jetta un grand cri, tomba évanouie : toute malade que j'étois, je me levai pour la secourir ; je me jettai à ses pieds, que j'embrassois avec ardeur, la suppliant de me pardonner, l'assurant de mon sincere repentir, la conjurant de dérober la connoissance de ce malheur. Elle me releva, me força de me remettre au lit ; me dit qu'elle me plaignoit d'autant plus que ce funeste coup lui avoit porté la mort dans le sein, & que je ne l'aurois plus lorsque j'en aurois besoin ; qu'elle n'auroit pas le courage de survivre à mon deshonneur & au sien : en effet en peu de jours ma mere descendit au tombeau. La crainte que j'avois de la perdre, le desir de la sauver, me donnerent des forces, je voulus moi-même la secourir, esperant tout de mes soins ; enfin la veille que je la perdis, ayant fait retirer tout le monde, elle me dit : Ma fille, je sens que je n'ai plus que peu d'heures à vivre, je n'ose avouer votre état à votre pere ;

il vous accuseroit de ma mort ; & vous ne m'auriez plus pour vous sauver du premier feu de sa colere. C'étoit de vous dont je m'étois promis le plus de contentement, c'est vous qui m'ôtez la vie. Je vous le pardonne, vous avez été trompée la premiere ; je prie Dieu qu'il vous protége, & voici tout ce que je peux faire pour vous. J'ai une seule amie sur laquelle je puis compter, c'est Madame Blainville, je vais lui confier votre malheur & le mien par une Lettre, pendant que j'en ai encore la force ; je la prierai de vous demander à votre pere aussitôt que je ne serai plus, sous le prétexte de vous consoler. Je me repose du reste sur elle ; c'est tout ce que je peux faire. Je suis sure que ma bonté me fera plus regreter de vous que je ne la serois si j'usois du droit où je suis de vous faire des reproches. Que le malheur qui vous est arrivé puisse vous servir pour vous préserver d'un second dans la suite ; fuyez les hommes, ils sont tous trompeurs. J'étois à genoux devant le lit de ma mere pendant qu'elle me parloit, je tenois ses mains que j'arrosois de mes larmes, je ne pouvois parler. Elle ajouta : Calmez votre douleur, ma fille, elle est inutile, & pourroit nuire à l'enfant que vous portez, & dont vous êtes responſable. Après ce diſcours qu'elle prononça avec une fermeté digne d'admiration, elle me demanda ſon écritoire : elle écrivit ſa lettre, me la donna, en m'ordonnant de la mettre à la Poſte le même jour : elle avoit plus de courage que moi, elle m'exhortoit à la patience, jamais il ne fut un plus grand exemple de vertu. J'eſpérois toujours, & je ne ceſſai de me flater de ſa guériſon, que lorſqu'elle eut rendu les derniers ſoupirs dans mes bras. Dès qu'elle fut expirée, mon déſeſpoir n'eut plus de bornes : il étoit fondé ſur plus d'un ſujet ; je perdois la meilleure des meres, dans un tems où ſa tendreſſe

dresse m'étoit plus que jamais nécessaire. De quelle façon allois-je être traitée par Madame Blainville, sur laquelle ma mere avoit compté pour la remplacer ? Etoit-elle obligée d'avoir pour moi les entrailles d'une mere ? Madame Blainville vint donc me chercher, elle emmena aussi ma sœur. Cette Dame n'épargna rien pour diminuer mon affliction, & pour me convaincre que ma mere avoit rendu justice à son amitié en s'y confiant. Elle ne me parla jamais de ma faute, que pour convenir de ce qu'on feroit pour qu'elle fût ignorée. Un procédé si noble me la rendit chere. Elle m'assura qu'elle ne m'abandonneroit jamais aux conditions que je ferois docile; qu'elle ne me donneroit jamais de conseils que pour mon bien. Je l'assurai d'une parfaite soumission; je lui dis que j'espérois lui donner des preuves de sensibilité, pour les bontés dont elle m'honoroit, & de ne jamais lui donner de sujets de s'en repentir. Elle parut contente de ces assurances: elle me dit qu'elle alloit écrire à l'oncle de Mr L. D. pour lui faire des reproches de la conduite de son neveu, qui avoit manqué de probité avec moi, ma famille, & avec elle, en abusant de son nom, de sa maison pour me séduire; qu'elle ne doutoit point qu'il n'eût lieu de se repentir d'une conduite si criminelle par la sévére réprimande qu'elle lui préparoit. Ce discours réveilla dans mon cœur un malheureux amour. Je craignis les suites de ce que Madame Blainville vouloit faire contre Mr L. D. je m'intéressois pour lui, qui se soucioit si peu de moi ; je cherchai à l'excuser, à lui trouver des raisons pour autoriser son silence ; & pour m'en assurer, je lui écrivis encore mes nouveaux malheurs, au rang desquels je mettois la peine que lui vouloit faire Madame Blainville. Hélas ! je ne pouvois le croire si coupable qu'il étoit, & qu'il se montroit lui-même. Que notre ſexe eſt foible ! Je reçus une réponſe à cette fois, & toute conforme à mes idées : elle étoit pleine de tendreſſe ; il y prodiguoit les expreſſions les plus vives de ſon amour ; il ſe diſoit ſincerement affligé de la mort de ma mere ; il me remercioit de l'avis que je lui donnois de ce que Mad[e] Blainville méditoit contre lui ; il me diſoit qu'il n'avoit oſé m'écrire plutôt, parce qu'il n'avoit que des choſes triſtes à m'apprendre ; que ſon Oncle n'avoit voulu conſentir à rien, qu'il ne lui avoit point dit mon état ; mais que ſi je voulois me confier encore en lui, qu'il me promettoit un heureux ſuccès ; que je n'avois qu'à me rendre à

Paris; qu'il me présenteroit dans l'état où j'étois ; que cette vue attendriroit son Oncle, & feroit plus d'effet que tout ce qu'il pourroit dire; qu'il ne falloit pas que j'en prévinsse ma Protectrice, qu'elle ne manqueroit pas de s'y opposer ; & que je sentois bien que malgré sa bonne volonté pour moi, elle ne pouvoit me faire de grands biens ; que je n'avois qu'à lui écrire après avoir fait mes réflexions ; qu'il se rendroit en Poste à l'endroit, & le jour que je lui indiquerois; qu'au surplus, si son Oncle, après toutes ces précautions, refusoit de se rendre, il n'auroit plus de ménagement ; qu'il m'épouseroit : il finissoit sa lettre par me prier de la bruler. Vous verrez quelles étoient ſes raiſons. Il craignoit Madame Blainville, auprès de ſon oncle; il ne cherchoit qu'à me faire manquer à ce que je devois à cette Dame, & m'en faire aſſez mépriſer, par une conduite déréglée, pour qu'elle ne prît plus d'intérêt à moi. Mon cœur étoit trop épris alors pour que je pus connoître le piége qui m'étoit tendu, auſſi j'y donnai; & après de très-légeres réflexions je n'héſitai plus à faire cette malheureuſe démarche; je lui écrivis donc ces quatre mots :

» J'ai toujours pour vous l'a-
» mour le plus tendre: je me

» repose entierement sur votre
» probité. Venez me tirer d'un
» lieu que je déteste, n'y pou-
» vant être avec vous ; je remets
» mon sort entre vos mains ;
» vous êtes incapable d'en abu-
» ser, je suis prête à vous sui-
» vre au bout du monde ; venez
» de grace, rendez vous promp-
» tement, je vous en prie par
» tout ce qui vous est cher, &
» je désire que ce soit moi. Trou-
» vez-vous sur le chemin de....
» à un quart de lieue de Falai-
» ze d'aujourd'hui en quinze, à
» cinq heures du matin ; que
» l'amour puisse vous prêter des
» ailes : je vous attens avec
» l'impatience la plus vive.
» Adieu.

Cette lettre étoit contre moi, je paroiſſois l'engager à ce faux pas. Peſe-t-on ſes mots, lorſque l'on parle à un homme que l'on croit vous être tendrement attaché ? La veille de ma fuite j'étois agitée ; ma ſœur s'apperçut de mon trouble, elle en voulut ſçavoir la cauſe : je ne pus me refuſer à ſes careſſes, je lui avouai mon projet, elle voulut d'abord s'y oppoſer ; voyant qu'elle n'y gagnoit rien, & que mon parti étoit pris, elle me dit qu'elle me ſuivroit quelque choſe qu'il en pût arriver. Elle-même eut ſoin de tenir ouverte une porte d'une baſſe-cour qui donnoit ſur le chemin en queſtion. A quatre heures nous nous échapâmes toutes deux : j'avois fait un petit paquet de ce qui m'étoit le plus nécessaire pour la route. Ma chere sœur voulut elle-même le porter, dans la crainte qu'il ne m'incommodât. Nous fondions en larmes, nous ne disions mot; mais chaque pas nous nous embrassions. Nous trouvâmes Mr L. D. sa vue me causa une joie si vive que je m'évanouis : il me fit revenir, m'accabla de caresses. Ma pauvre sœur se tuoit de le prier qu'elles fussent sinceres, que nous n'avions plus que lui dans le monde; que notre Protectrice ne voudroit plus entendre parler de nous; qu'est-ce nous deviendrions, s'il nous abandonnoit ? Il n'épargna rien pour nous tranquilliser, il nous fit monter toutes deux dans une chaise, & couroit à côté à cheval. A toutes les Postes il avoit quelques nouvelles attentions; il imaginoit tout ce qui pouvoit nous procurer de nouvelles commodités.

Quand nous fûmes à 2 lieues de Paris, il dépêcha un homme pour aller chercher un carrosse. Pendant cet intervalle il écrivit une lettre, & me dit qu'il ne pouvoit me conduire lui-même dans la maison où j'allois descendre; qu'il étoit nécessaire qu'il vît son Oncle pour s'assurer de l'effet qu'auroit produit son absence; qu'avec la lettre qu'il me donnoit je ſerois bien reçue des perſonnes chez leſquelles j'étois attendue ; que le lendemain il iroit me trouver. Je ne ſçais pourquoi, mais dans l'inſtant je me crus abandonnée : je pris la lettre ſans rien dire. Ma ſœur qui s'apperçut de ce qui ſe paſſoit en moi, lui dit : Ah ! Monſieur, vous nous laiſſez à notre malheureux ſort. C'en eſt fait ; allons, ma ſœur, courage, (ajouta-t-elle) tout ceci n'eſt peut-être conduit par la Providence que pour votre bien. Je ne vous abandonnerai pas moi, & je partagerai tous vos maux. En même tems elle voulut m'embraſſer, elle me trouva froide comme du marbre. Ah ! ma sœur est morte, s'écria-t-elle. En effet, je ne sçais comment je revins d'un saisissement qui étoit mortel ; je fus cinq quarts-d'heure sans connoissance. Mr L. D. fit encore de nouveaux efforts pour me convaincre de sa sincérité. Le carrosse arriva ; Mr L. D. marcha à côté de nous jusqu'aux portes de Paris, & il nous quitta en nous assurant de nous rejoindre le lendemain matin. Le cocher nous conduisit à l'adresse qu'il lui avoit donnée. Nous fûmes reçues avec beaucoup de politesses : les personnes chez qui nous étions étoient de bons Bourgeois, qui vivoient avec simplicité ; ils m'attendoient en effet, & ils m'avoient fait préparer une chambre dans leur appartement. Ils parurent embarraſſés pour ma ſœur : je leur dis qu'elle coucheroit avec moi; qu'ils n'avoient que faire de s'inquiéter ; que je ſerois fâchée de leur cauſer plus d'embarras, & que j'eſpérois ne leur en pas faire long-tems. J'étois ſi abattue, que ma ſœur me fit coucher en arrivant & me fit prendre un bouillon, qu'on m'apporta avant qu'il fût demandé. Madame Meaucourt (qui étoit pour lors mon hôteſſe, & qui va bientôt être pour moi une nouvelle Protectrice) emmena ma ſœur ſouper avec elle. Il ne fut queſtion de rien qui me regardât pendant leur repas.

Je passai la plus mauvaise nuit du monde, par l'impatience où j'étois de voir la décision de mon sort. Je n'eus aucunes nouvelles le matin; mes inquiétudes redoublerent, ma sœur essaya de les calmer: elle voulut me faire dîner, elle ne put obtenir que de me faire prendre un bouillon. Enfin personne ne parut de la journée: jugez dans quelle situation j'étois, elle est plus facile à imaginer qu'à décrire: pleurante & accablant Mr L. D. de mille reproches; tantôt m'accusant moi-même de mériter toute la rigueur de mon sort; l'instant d'après j'entrois en fureur. Ma sœur sentit le danger qu'il y auroit de me quitter, elle pria qu'on nous servît à manger dans notre chambre, afin que je ne restasse pas seule. Je passai huit jours dans cette agitation, sans entendre parler de rien : ma sœur étoit aussi accablée que moi. Qu'allions-nous devenir ? dans une Ville où nous ne connoissions personne : étoit-il possible de recourir à Madame Blainville ? de quel front oser encore réclamer ses bontés? quel effet avoit produit notre fuite ? de quel côté tourner ? nous étions sans argent, nous n'avions pas de quoi en faire. Se confier à la Dame chez laquelle nous étions, pouvions-nous espérer de l'émouvoir en notre faveur ? croiroit-elle ce que nous lui dirions ? pourroit-elle penser que si nous étions au-dessus d'un pareil malheur, nous nous y serions exposées ? Comment, & où mettrois-je le malheureux fruit de ma foiblesse ? dans quelles circonstances alloit-il naître ? Quelle funeste étoile avoit présidé à ma naissance, qui influoit au même tems sur la sienne? Comment faire avertir Mr L. D... ? quel intérêt prenoit-il encore à nous, pour espérer de l'attendrir ? Ignoroit-il la peine où nous devions être ? en étoit-il touché ? enfin lassée de tant de funestes réflexions,

flexions, je me saisis d'un couteau; & j'allois de ce coup finir tous mes malheurs; ma sœur m'arrêta en faisant un grand cri, je m'étois déja fait une legere blessure au sein. Le cri qu'elle avoit fait, attira Madame Meaucourt. Elle fut effrayée du désespoir où elle me vit, & du sang qui sortoit de ma blessure; j'avois les yeux égarés, je grinçois les dents. Je me heurtois la tête contre les murs, mon état me prêtoit des forces; & j'en avois plus que ceux qui s'opposoient à ma fureur. Mais cette force, qui n'étoit pas naturelle, m'abandonna bientôt, je tombai sans connoissance ; ce ne fut pas sans peine qu'on me rappella à la vie. J'étois épuisée.... Madame Meaucourt parut sincerement touchée de mon état, elle m'engagea avec amitié à lui en faire part, m'offrant sans réserves tous ses services. Je me vis donc obligée encore une fois de rougir d'un récit dont je me croyois dispensée pour toujours. Je lui demandai ensuite si elle connoissoit bien Mr L. D. Elle me dit qu'elle l'avoit connu par rapport à son Oncle, à qui elle avoit quelques obligations; que lorsqu'il l'avoit priée de me recevoir chez elle, il lui avoit dit que j'étois une Veuve qui venoit à Paris pour solliciter le gain d'un Procès ; que je ne comptois pas être long-tems sans en obtenir le jugement. Ah ! le bourreau. (m'écriai-je,) il ne m'a donc arrachée des bras de ma famille, que pour le seul plaisir de commettre la plus noire perfidie ! Madame Meaucourt, sensible à mon affliction, me conseilla de faire sçavoir ce nouvel accident à Madame Blainville ; qu'il étoit nécessaire que je le fisse plutôt que plus tard ; que je la tirerois de l'inquiétude où l'avoit dû jetter ma fuite ; qu'il ne falloit faire aucunes démarches auprès de Mr L. D. jusqu'à la réponse de ma Protectrice. Je fis ce qu'on voulut : dépendante des bontés de Madame Meaucourt, pouvois-je avoir d'autres volontés que celles de ceux qui me protégeoient ? après elle, je n'avois plus de ressource. J'écrivis donc à Madame Blainville ; je n'épargnai rien de ce qui pouvoit l'attendrir, & je n'avois pas besoin d'art : le détail de ma situation suffisoit. Après l'avoir fait, je la priois de fonder ma fuite, près de mon pere, & de tout le monde, sur le desir qu'elle me connoissoit depuis longtems d'être Religieuse, & sur la crainte qu'on ne s'y opposât. Je l'assurai qu'aussitôt après mes couches, je me retirerois dans un Couvent, & je la conjurois de se souvenir qu'elle m'avoit promis de ne jamais m'abandonner ; que je comptois ſur ſon ſecours, pour la retraite que je méditois ; que ce projet ne pouvoit s'exécuter ſans ſa générosité ; que je prierois Dieu toute ma vie pour elle... Douze jours après je reçus la réponſe de Madame Blainville. Elle contenoit qu'elle avoit eu ſoin de publier que je m'étois retirée dans un Couvent avec ma ſœur ; qu'elle avoit pris cette précaution, plus pour elle que pour moi ; qu'elle n'étoit pas à ſçavoir où j'étois ; que Mr L. D. avoit eu ſoin de l'en inſtruire, auſſitôt que j'avois été arrivée à

Paris ; & qu'il lui avoit envoyé la lettre par laquelle je le priois de m'arracher d'un lieu que je déteſtois ; qu'il diſoit n'avoir obéi à mes inſtances, que dans la crainte que le déſeſpoir ne me portât à faire quelques folies ; que lorſqu'il avoit cédé au goût qu'il avoit pour moi, il avoit eſpéré que ſon Oncle conſentiroit à ce qu'il déſiroit, mais qu'il étoit toujours inflexible ; qu'il n'avoit pas de fortune que celle qu'il tenoit de ſon Oncle ; que s'il s'entêtoit mal-à-propos, il la perdroit ; qu'il n'avoit point oſé me dire toutes ces choſes ; que cela lui auroit trop coûté ; que je ſerois plus raiſonnable, en les entendant de la part de Madame Blainville. Il ajoutoit que j'étois chez d'honnêtes gens, en état de m'obliger sans se gêner. Vous concevez bien à présent, me dit Sainte Isidore, les motifs qui lui faisoient me recommander de bruler la lettre à laquelle j'avois répondu de bonne foi; & vous voyez que ne l'ayant plus pour le confondre, j'étois dans tout mon tort. A l'égard de ses excuses à Madame Blainville pour moi, elles étoient d'un scélérat; mais revenons à la fin de la lettre de cette Dame: Elle m'exhortoit à profiter des bontés des personnes chez lesquelles j'étois, & qu'elle ne pouvoit rien faire pour moi davantage ; qu'elle croyoit n'avoir pas manqué à la mémoire de ma mere ; qu'elle souhaitoit que tant de traverses pussent m'être utiles ; qu'il y avoit des Communautés à Paris, où on n'avoit pas besoin de dot ; que ma sœur & moi n'avions qu'à choisir une de celles-là. Jugez, ma chere fille, dit Sainte Isidore, en s'interrompant encore, jugez quel effet produisit cette lettre ; ma sœur & moi nous nous tînmes embrassées une demi-heure, sans pouvoir parler ni pleurer ; nous étouffions : j'étois cause de sa perte & de la mienne ; elle étoit innocente, & on l'abandonnoit comme

comme moi qui étois coupable. Nous étions dans cet état lorsque Madame Meaucourt entra dans notre chambre. Sa vue nous soulagea, nos larmes commencerent à couler. Je lui montrai la Lettre de Madame Blainville. Allons, mes Demoiselles, nous dit-elle, il ne s'agit pas de se désespérer; je m'intéresse à vous; je vous ai déja dit que je vous rendrois service, je vous tiendrai parole; consolez-vous, je vais aller, chez l'Oncle de Mr. L. D. peut-être réussirai-je à quelque chose, si c'est de lui que dépend le repos de votre esprit.

J'embrassai cette bonne Dame avec transport ; j'attendis son retour avec impatience. Elle revint, mais son abord ne m'annonça rien d'heureux. Elle me prévint sur la raison que je devois avoir, que j'étois assez malheureuse, pour ne devoir rien redouter de plus fâcheux. Après cette préparation, elle me dit que je ne devois plus compter sur Mr. L. D. ni son Oncle, lequel avoit traité de galanterie de jeune homme, ce qui étoit arrivé à son Neveu ; il s'est même moqué de toutes les représentations que je lui ai faites, de l'affront fait à une Demoiselle de bonne famille, de l'abus que Mr. L. D. avoit fait de la Religion, en la mettant en jeu pour vous séduire. Rien, dit-elle, n'a été capable de l'ébranler. Ennuyée d'être l'objet de ses railleries, sur la démarche que je faisois, & m'en trouvant choquée, je l'ai quitté avec indignation. Je sens bien, ajouta-t-elle, que nous voilà brouillés; j'avois compté sur l'honneur & les sentimens que je lui supposois; dès qu'il y manque, je le méconnois. Ainsi, continua-t-elle, ma chere Demoiselle, prenez courage, comptez sur ce que je vous ai promis: quand vous serez accouchée, nous verrons à quoi nous déterminer. Hélas! je sentois tout le prix des bontés de Madame Meaucourt; mais je ne pouvois étouffer l'amour dans mon cœur. Tout perfide qu'étoit mon Amant, je l'adorois : rien n'étoit capable d'éteindre le feu qu'il avoit allumé; je m'emportois contre lui, je ne lui épargnois aucun des noms que méritoient ses procédés odieux; mais ce n'étoit que pour être plus foible l'instant d'après : je le croyois plus à plaindre que moi; j'étois persuadée qu'il détestoit l'autorité qu'avoit sur lui son Oncle, qu'il n'avoit écrit à Madame Blainville, que pour l'engager à me continuer ses bontés, & pour faire ma paix avec elle. Je soupçonnois Madame Blainville d'avoir manqué de bonne foi avec moi ; je croyois qu'elle l'avoit rendu plus criminel qu'il n'étoit pour se venger de moi. Enfin je mis au monde le malheureux enfant qui m'avoit tant coûté de larmes ; il ne vécut que six heures : sa perte fut pour moi un surcroît de douleur, il me coûtoit assez pour m'être cher, j'adorois encore l'auteur de ses jours : mais pouvoit-il vivre ? il devoit périr, même avant ce tems, par les cruels chagrins que j'avois essuyés.

Quand je fus rétablie, Madame Meaucourt me demanda ce que je comptois faire. Je lui dis que mon parti étoit pris de me retirer du monde ; elle me dit que c'étoit le plus ſage ; mais que n'ayant point de dot, cela étoit difficile. Je la priai de s'informer s'il n'y avoit pas quelques Communautés dans Paris où il n'en fût pas beſoin. Elle ſe donna des ſoins pour cela, & trouva un Couvent de Filles pénitentes du Sauveur ; elle fut parler au Directeur de la maiſon avant de m'en rien dire ; elle lui fit le détail de mes malheurs. Cet Eccléſiaſtique lui dit que l'on ne donnoit qu'une ſomme très-modique en entrant dans cette maiſon, laquelle ſomme ſervoit à avoir un habit complet de l'Ordre. Il ajouta que la régle étoit fort auſtere ; que le Couvent n'étoit presque fondé que sur le travail des Religieuses ; que quelques Dames assistoient la Communauté, mais que cela n'aidoit que foiblement ; que d'ailleurs on ne se retiroit que pour faire pénitence, & non pas pour avoir toutes ses aises ; qu'on ne faisoit point de vœux ; qu'on étoit libre d'en sortir, si on ne pouvoit s'y accoutumer ; mais qu'on n'y rentroit plus. Après que Madame Meaucourt eut pris ces éclaircissemens, elle revint m'en faire part : je me déterminai volontiers, & intérieurement ce fut l'exemption des vœux qui me flata : j'espérois toujours que Mr. L. D. se trouveroit libre un jour, &

qu'il rempliroit alors ſes engagemens. Voyez combien j'étois prévenue pour un homme qui m'avoit donné les preuves les moins équivoques de ſa lâcheté. Madame Meaucourt me conduiſit au Directeur, je lui parlai en particulier, après quoi il me donna un billet pour la Supérieure: nous y fûmes Madame Meaucourt & moi; elle paya le peu qu'il falloit pour entrer. La Supérieure après quelques explications d'elle à moi, me dit que puiſque cette Dame qui m'accompagnoit me protégeoit, elle lui donneroit la permiſſion de me parler en particulier quand elle viendroit; & qu'en ſa faveur elle ſupprimeroit l'écoutante; qu'afin que la Communauté n'en pût concevoir de jalouſie, que ce ſeroit chez elle dans ſon cabinet, qu'elle me permettroit de recevoir Madame Meaucourt. Elle me dit encore, que lorſqu'on me connoîtroit aſſez pour ne devoir pas craindre d'inconſtance dans ma vocation, qu'elle me laiſſeroit aller quelquefois dîner chez ma Protectrice, accompagnée d'une Officiere. Il fut arrêté que j'entrerois le lendemain. Quand nous fûmes de retour, Madame Meaucourt me conſeilla d'écrire à Madame Blainville le lieu de ma retraite, & de l'engager à recevoir ma ſœur, laquelle étant seule à Paris, & sans appui, ne sçachant qu'y faire, courroit risque de se perdre. La lettre que j'écrivois fut couverte de mes larmes. Hélas! je renonçois en quelque façon au monde, je n'avois plus d'espoir de revoir jamais ma famille, il falloit quitter cette tendre sœur qui avoit partagé mes peines avec tant de constance. Cette pauvre fille fondoit en larmes. Elle me conduisit avec Madame Meaucourt dans le Couvent: lorsque j'eus pris un habit de la maison, je vins les revoir au parloir; j'étois baignée de pleurs. Quelle séparation! ma pauvre sœur faisoit retentir de ses sanglots l'endroit où nous étions. Que voulez-vous de plus ? nous reſtâmes toutes trois dans le même état plus d'une heure. Enfin Madame Meaucourt arracha ma ſœur du parloir, & elle n'eut que la force de me promettre de venir me voir quinze jours après. Lorſque je me vis ſeule, au milieu d'une cinquantaine de Religieuſes, inconnue à toutes, je ſentis qu'il ne m'avoit manqué juſques-là que la douleur d'être étrangere à tout ce qui m'environnoit.

Juſques à ce moment, j'avois toujours eu quelqu'un à qui je pouvois parler de mon infortune ; mais cette conſolation me manquoit totalement. J'eus bien de la peine à me faire à cette nouvelle disgrace. Je connus qu'on ne m'en avoit point imposé, en me prévenant de l'austérité de la Régle. On avoit à peine le plus nécessaire, & ce qui pouvoit empêcher de périr ; on travailloit sans relâche : on m'apprit promptement à broder de toutes les façons, car on ne perdoit point de tems ; celui qu'on employoit au Réfectoire étoit si court, qu'il ne dérangeoit pas ; & d'ailleurs il n'y avoit rien qui pût y amuser : on dormoit à proportion. J'appris que si on ne m'assuroit pas une petite rente, je serois encore plus à plaindre ; que toutes celles qui entroient dans cette maiſon étoient ſecourues par quelqu'un ; que ſans cela je ſerois expoſée à ſentir les rigueurs du froid pendant l'hiver, l'habit de la maiſon étant toujours le même, & ſi léger qu'il n'incommodoit point dans la canicule. Je fus bien étonnée, car devois-je encore importuner Madame Meaucourt ? elle avoit aſſez fait pour moi : mais ſa charité n'avoit point de bornes, elle alloit au-devant de tout. Elle vint donc me voir, ainſi qu'elle me l'avoit promis ; je l'embraſſai en pleurant de joie de la voir, de reconnoiſſance de ſes bienfaits, & de douleur pour mon état. Je ne lui cachai point la peine que j'avois à me passer du nécessaire. Elle s'étoit munie de biscuits, je les mangeai avec un appetit qui prouvoit plus la nécessité, que le plaisir que j'y trouvois. Ma chere bienfactrice m'apprit que Madame Blainville m'avoit pardonné; que ma lettre avoit obtenu grace; qu'elle avoit demandé ma sœur, laquelle avoit eu bien de la peine à s'en aller sans me voir; qu'elle ne lui avoit refusé ce plaisir que pour m'épargner de nouvelles larmes. Je passai ainsi un an dans cette maison, toujours assistée & visitée par Madame Meaucourt,

& toujours aussi foible pour Mr. L. D. dont je lui demandois des nouvelles chaque fois qu'elle venoit. Enfin ma Protectrice demanda à la Supérieure qu'elle me permît d'aller diner chez elle un jour de la semaine : elle obtint cette grace. Je m'y rendis, accompagnée d'une Officiere : en chemin, passant devant une Eglise, je lui proposai d'entrer, pour y faire ma priere ; elle y consensentit. Le mouvement que nous fîmes en nous mettant à genoux, fit tourner la tête à un homme qui étoit devant nous. Ciel ! c'étoit Mr. L. D. mon habit l'empêcha de me reconnoître ; mais son image étoit gravée trop avant dans mon cœur, pour que je pus m'y méprendre. Je fus ſaiſie à un point que je perdis preſque le ſentiment, il me prit enſuite une palpitation de cœur, qui m'ôtoit la reſpiration ; je n'avois aucunes idées diſtinctes : je me traînai à côté de lui ſur mes genoux. La Sœur qui m'accompagnoit, ſurpriſe de ce que je faiſois, me tiroit par ma robe ; mais je ne ſentois rien, ou plutôt rien ne pouvoit me diſtraire ; je me trouvai près de lui, je voulois lui parler, je n'en avois pas la force : il ne me voyoit pas, il avoit fini ſa priere, il ſortit. Je reſtai à cette même place, les yeux fixés

à

l'endroit qu'il quittoit. Ma Compagne m'avoit déja dit plusieurs fois de me lever, sans que je l'eus entendue; enfin à force de me tirer, & de me parler haut, je revins à moi. Je la suivis sans rien répondre. J'arrivai chez Madame Meaucourt, sans sçavoir comment j'avois fait pour m'y trouver, ni si j'y étois. J'avois l'air si égaré en arrivant, qu'elle me prit en particulier, pour en sçavoir la cause. Je ne lui donnai pas le tems de me faire de question, je m'assis, en m'écriant: Ah! je viens de le voir! Qui, me demanda-t-elle? Et lui, répondis-je! Qui lui, reprit-elle? Et lui, vous dis-je,

Madame : Lui, Mr. L. D. & où l'avez-vous vu ? Ah ! ajoutai-je, en pleurant amerement, il prioit Dieu de trop bon cœur pour qu'il soit un traître ; non la Religion n'est pas effacée de son cœur. Enfin, avec bien de la peine, elle sçut ce qui venoit de se passer ; encore fallut-il qu'elle devinât en partie, par le peu d'ordre qu'il y avoit dans mes discours. Elle craignoit que je n'eusse perdu tout-à-fait la raison. Elle me fit sentir que j'étois folle de penser à un homme si méprisable. Ah ! lui dis-je, Madame, je viens de le voir ; il avoit un air de recueillement que n'ont point les scélérats. Rien ne l'engageoit à se masquer, il ne sçavoit pas que je le rencontrerois dans cette Eglise : le Ciel m'y avoit conduite, j'aurois dû me faire connoître, c'étoit l'instant favorable ; & j'ai manqué de forces, je ne le verrai peut-être de ma vie ; j'ai laissé échaper l'occasion. Mais, me dit Madame de Meaucourt, revenez donc de votre prévention, elle est ridicule ; il est marié depuis plus de dix mois : je vous l'avois caché, parce que je ne croyois pas qu'il fût nécessaire de vous le dire ; sçachez-le donc. Quoi, dis-je, il est marié ! ah ! il y aura été contraint par son Oncle, c'est malgré lui ; il prioit Dieu de me consoler lorsque je l'ai trouvé ! Ma Protectrice que rien ne rebutoit, vit que j'étois encore bien malade : une constance si singuliere de ma part la surprenoit, & la rendoit sensible, loin de l'indisposer. Pour ne point aigrir ma douleur, elle eut la complaisance de feindre que cela pouvoit être ; mais que puisqu'il n'y avoit plus d'espérances pour moi, je devois être assez raisonnable pour prendre mon parti.

Elle réussit à me calmer, en se prêtant ainsi à ma foiblesse. Il faut ménager les esprits blessés pour rappeller leur raison égarée, il n'y a point de plus sûr moyen que de se prêter d'abord à leurs idées ; on les raméne aisément, quand on a commencé à donner dans leur sens.

Quand je fus à mon Couvent, je me fis mille chimeres : j'enterrois sa femme ; je le voyois maître de sa main, venir me l'offrir. Enfin, je me livrai aux illusions les plus séduisantes, & les moins fondées. Que notre esprit est actif à saisir tout ce qui peut soulager les peines qu'il souffre ! car c'étoit le moment où j'aurois dû espérer le moins, & c'étoit celui où je cherchois à m'assurer un avenir heureux, & la fin de tous mes maux. Je regardois sa rencontre comme le plus heureux augure. Trois mois après Madame Meaucourt m'apprit que sa femme étoit morte, ainsi que son Oncle, & qu'il étoit devenu d'une dévotion étonnante. Ah! sans doute, dis-je, Madame, il songe à moi; il ne sçait où je suis: je priai, suppliai cette aimable Dame de l'en instruire, de lui faire sentir qu'il étoit tems qu'il me récompensât de tous les chagrins qu'il m'avoit causés. Madame Meaucourt toujours prête à m'obliger, fut le trouver, mais il opposa la Religion contre ce qu'elle lui prescrivoit de faire.

Il dit qu'il vouloit se retirer du monde, qu'il étoit charmé que je l'eus fait moi-même, qu'il ne méritoit pas de finir ses jours avec moi, qu'il vouloit se punir de ne m'avoir pas épousée, en ne m'épousant pas; qu'il ne pouvoit s'imposer une pénitence plus rude, que celle de renoncer à moi. Madame Meaucourt combattit inutilement de si fausses raisons. Elle vint m'apprendre le peu de succès de son entreprise. Je l'aimois toujours, & je le louai du pieux dessein qu'il avoit, & qui n'étoit qu'hypocrisie; & pour séduire un bon vieux Bourgeois qui étoit fort riche & dévot, & qui avoit une fille qu'il ne vouloit donner qu'à un homme comme lui. Je ne sçus cela que long-tems après.

Persuadée alors de la conversion de Mr. L. D. je songeai à travailler fermement à la mienne. Enfin, il y avoit plus de deux ans que j'étois dans cette maison, lorsqu'une Dame de très-grande condition, voulut voir sur le métier un meuble de Tapisserie qu'on lui faisoit chez nous. Elle entra, & vit notre ouvrage: elle causa avec moi, s'assit devant mon métier; sans doute je lui plûs. Elle revint plusieurs fois, & me parloit toujours plus qu'aux autres. Un jour elle me demanda mon nom, je lui dis celui que je portois au Couvent; car celui

lui de famille n'étoit connu de personne. Peu de jours après on me demanda au parloir : je crus que c'étoit Madame Meaucourt, j'y courus, mais je fus trompée, c'étoit cette Dame. Un instant après qu'elle fut avec moi, Madame la Supérieure me fit appeller, je la quittai ; elle me suivit. La Supérieure lui dit qu'elle lui demandoit excuse de l'avoir fait attendre, mais qu'elle étoit en affaire ; qu'elle pouvoit entrer dans son cabinet pour me parler. Cette Dame me dit qu'elle m'avoit distinguée d'avec mes Compagnes ; me demanda les raisons qui m'avoient fait entrer dans cette maison ;

elle m'assûra que sa curiosité n'étoit excitée que par le désir de m'être utile. Je lui fis en peu de mots le détail qu'elle exigeoit. Je lui nommai Madame Meaucourt : elle prit sa demeure, & parut satisfaite. Elle revint trois jours après avec Madame Meaucourt : elle me dit qu'elle étoit contente de ce qu'elle avoit appris, qu'elle étoit touchée de voir une Demoiselle manquer de ressources pour s'assûrer un état dans une autre maison; que si je ne sentois point de répugnance pour des vœux, qu'elle s'offroit de payer ma dot, dans telle maison que je voudrois. Je fus très-sensible aux bontés dont cette

Dame m'honoroit : je l'assurai de la joie que me causoit l'offre qu'elle me faisoit ; qu'elle ne pouvoit faire une plus belle œuvre ; que je la laissois maitresse du choix du Couvent. Elle prit huit jours pour en trouver un, à l'expiration desquels elle vint me chercher, & me conduisit ici, sous le nom d'une de ses parentes. J'y pris le Voile, & prononçai mes Vœux. Cette Dame paya ma dot, m'assura une pension de deux cens livres pendant ma vie. J'ai appris depuis que Mr. L. D. avoit épousé la jeune personne qu'il avoit recherchée, & pour laquelle il s'étoit fait dévot ;

qu'elle étoit morte en couches, ainsi que l'enfant qu'elle avoit eu. A l'égard de M^r. L. D. comme il avoit fait de grandes dépenses dans les commencemens de son mariage, en levant le masque de l'hypocrisie, le Beau-pere ne lui avoit fait aucunes graces ; & que pour rendre ce qu'il avoit reçu, il avoit été obligé de se défaire de la meilleure partie de son bien ; qu'enfin il étoit malheureux. Je n'ai point triomphé de sa disgrace, j'ai seulement reconnu que Dieu étoit juste : il y a presque toujours dès ce monde un châtiment pour les méchans. Voilà ma chere fille, ajouta Sainte Isidore, l'histoire de ma vie & de mes malheurs. Vous voyez que les vôtres ne les égalent pas : vous avez été trahie, mais votre Amant ne vous a pas déshonorée : il n'a pas été cause de la mort d'aucuns de vos parens ; vous n'avez pas été réduite par lui à la merci des gens. Prenez donc courage, & croyez que vous êtes heureuse de n'avoir à regreter que le cœur de votre Amant. Je ne balançai plus, après l'histoire de Sainte Isidore, à me retirer du monde ; afin de n'être pas exposée une seconde fois à la perfidie des hommes.

Hé bien ! dites donc que je

ne saisis pas toutes les occasions de vous prouver mon amitié. Vous avez paru desirer l'histoire de Sainte Isidore toute entiere dans cette lettre; à peine me l'avez-vous fait connoître, que j'ai été au-devant. Adieu chere Amie, lisez-là avec le même plaisir que je l'ai écrite.

LETTRE XIX.

VOus aurez, ma chere Amie, la fin de l'histoire de Madame d'Her... dans cette lettre ; ne vous fâchez pas.

Suite de l'histoire de Madame d'Her....

Je persistai dans les mêmes sentimens pendant trois mois. Madame la Supérieure écrivit à mon pere le changement prodigieux qui s'étoit fait en moi : il se rendit aussi-tôt à mon Couvent. On vint un jour m'avertir qu'il étoit au parloir : on n'eut pas la peine de me presser d'y aller, je volai à lui : je lus ma grace dans ses yeux, je sortis dehors, il m'embrassa tendrement ; me fit connoître la joie que lui causoit le retour de ma raison ; me prouva que je lui étois assez chere, pour être sure qu'il avoit beaucoup souffert d'un entêtement qui avoit excité sa sévérité pour moi. Il me proposa de revenir avec lui, je le remerciai, & le priai de me laisser encore quelque tems pour faire pénitence des chagrins que je luis avois faits. J'avois pris goût dans cet asyle, la confidence d'Isidore n'avoit pas peu contribué à le faire naître. Je me croyois trahie, la perfidie d'un homme que j'avois aimé si tendrement, m'avoit donné une aversion décidée pour tous ; & pour me soustraire à leur séduction, je ne voyois que cette retraite. On y jouissoit d'une paix qu'il est impossible de trouver dans le tumulte du monde ; la vie y étoit unie ; les plaisirs n'en étoient pas vifs, mais leur innocence étoit exemte des remors qui suivent ordinairement ceux du siécle. Mon pere mit tout en usage pour m'engager à le suivre. Je l'assurai que rien ne pouvoit me rendre sensible, si ce n'étoit son estime & son amitié ; que j'étois plus sûre de la conserver où j'étois, qu'au milieu du monde. Il crut ne devoir pas insister davantage pour cette fois, il s'en retourna, & me laissa des preuves de ses bontés. Enfin je communiquai à mon Directeur le dessein où j'étois de me fixer dans cette maison ; il ne fut pas de même avis que moi. Il me représenta que mon zele, quoiqu'agréable à Dieu, n'avoit pas une source assez pure ; que ce feu trop nouveau, pouvoit s'éteindre par des retours vers le monde ; qu'il falloit un peu plus de réflexion, pour une affaire qui décideroit pour toujours de mon sort ; que j'étois unique héritiere d'un pere riche, dont j'étois tendrement aimée, qui ne m'avoit chagrinée, que parce que j'avois manqué de docilité à ses volontés : mais que me trouvant revenue de mes erreurs, il devenoit pour moi plus tendre que jamais ; qu'avec de l'éducation & une expérience acquise à mes dépens, je serois plus en garde contre les occasions ; & que je pourrois aussi-bien faire mon salut dans le monde que dans un cloître. Il ajouta qu'il ne prétendoit cependant pas m'éloigner entiérement de mon dessein : mais qu'il étoit à propos de m'assurer de ma vocation. Je cédai en apparence, mais j'étois ſans ceſſe aux pieds des Autels, demandant avec ferveur la perſévérance dans mon deſſein. Pendant trois mois je demandai le Voile avec tant d'ardeur, qu'on ne crut pas devoir me le refuſer plus long-tems. Madame la Supérieure l'écrivit à mon pere, je joignis une Lettre à la ſienne, dont voici la copie, que j'ai toujours gardée.

LETTRE

De Madame d'Her....

Mon cher pere, la tendreſſe que vous avez pour moi, va peut-être nuire à la grace que j'ose vous demander ; mais croyez-vous que la nature n'a pas long-tems combattu un dessein qui me sépare de vous : plus vous m'êtes cher, plus je crains de vous causer de nouveaux chagrins. L'état que je choisis, est un port assuré contre ma propre défiance ; les premiers instans de ma vie, ne sont pas d'un augure assez heureux pour la suite : je redoute ma foiblesse, je n'envisage qu'avec mépris les faux plaisirs du siécle : on arrive au tombeau, sans avoir eu le tems de connoître quelles routes y ont conduit. Je n'ai pas vos lumieres, vous auriez été trop heureux, si je vous eusse ressemblé. Le ſage doit être éprouvé, vous l'avez été, par les peines que mon aveuglement vous a cauſées ; je ne veux plus troubler la tranquillité dont vous devez jouir : ſans ceſſe je demanderai au Ciel qu'il prolonge les jours d'un pere reſpectable.

Mon cher pere, faites de moi un généreux ſacrifice ; ne vous oppoſez point aux décrets éternels ; venez même pour aider votre fille, ſi elle étoit chancelante : j'attens vos ordres, & j'eſpere qu'ils ſeront conformes à mes deſirs.

Mon pere ne tarda pas à venir après la réception de cette

lettre ; il essaya inutilement de me faire changer : j'étois constante dans ma résolution ; Isidore me soutenoit trop bien contre toutes sortes d'attaques de la part de mon pere. La douleur se peignit sur le visage de ce cher pere ; il fit en effet le sacrifice que j'exigeois, mais il lui coûta la vie. Le jour fut arrêté pour ma prise d'habit. Je reçus le Voile avec une fermeté que rien n'ébranla. Ma vue se tourna du côté de mon pere, j'apperçus qu'il pleuroit ; j'en fus émue ; mais je priai le Seigneur de le consoler. Quand la cérémonie fut achevée, je me rendis au parloir, pour prendre congé de mon pere. Il me dit que je venois de lui donner le coup de la mort ; qu'il n'osoit s'en plaindre ; que je ne le verrois plus. Je voulus encore lui faire quelques représentations, & j'espérai que le tems dissiperoit sa douleur. Je payai encore un tribut à la nature, & dans nos adieux, qui furent en effet les derniers, je sentis plier mon courage. Sainte Isidore me fortifia par ses conseils. Il y avoit environ trois mois, depuis ma prise d'habit, que je n'avois entendu parler de mon pere, lorsqu'on me donna une lettre de lui. Hélas ! ce fut ici où toute ma constance m'abandonna. La voici.

LETTRE

Du Pere de Madame d'Her....

Je meurs, ma fille, c'eſt ſans murmurer contre une ſéparation que je regarde comme l'ouvrage de Dieu. Depuis que je t'ai perdue, le monde que tu abhorres m'eſt devenu odieux; j'accuſe tous les hommes de la perte que j'ai faite, quoiqu'un ſeul en ſoit la cauſe. En me perdant, tu reſtes entre les mains de Dieu; il ſera ton pere. Sois perſévérante dans les ſentimens où je te laiſſe, n'oublie jamais que ton obſtination à être Religieuſe, a coûté la vie à ton pere! L'effort qu'il m'a fallu faire, pour consentir à ce sacrifice, a éteint mes forces. Grand Dieu, si ma fille oublioit ce qu'elle doit à ma mémoire, si elle rentroit dans le monde, qu'elle perdit de vûe ce qu'elle se doit à elle-même! mais non, je veux mourir tranquille, & persuadé que tu sçauras te respecter. Si Dieu eût voulu prolonger mes jours jusqu'à ce que des vœux m'eussent assuré de ton sort, je ne désirerois plus rien. Tu sens quelles sont mes craintes, elles t'offensent sans doute, je le souhaite. Adieu, ma chere fille, souviens-toi de la constance que tu m'avois recommandée à ton égard, fais-en usage. Je ne serai peut-être plus, lorsque tu recevras cette lettre. Encore une fois, adieu : souviens-toi toujours que fille ne fut jamais plus aimée d'un pere. Adieu.

Il y avoit huit jours que mon pere étoit mort, lorsque l'on me rendit cette lettre. Je me plaignis de ce qu'on avoit différé à me la donner : j'aurois pu au moins aller recevoir les derniers soupirs de mon pere, & peut-être lui sauver la vie. Ma douleur fut vive, on laissa passer ces premiers mouvemens ; ensuite on me représenta les dernieres volontés de mon pere, qui m'avoit recommandé plus de soumission aux ordres du destin. On me dit encore que c'étoit une épreuve, & que ce seroit la derniere : qu'il ne falloit pas en perdre le fruit. Isidore, qui étoit la seule dont les conseils eussent pour moi quelque poids, réussit à me tranquilliser : le parloir me fut entiérement ouvert, on comptoit sur moi, & on ne vouloit point me gêner pour l'arrangement de mes affaires, auxquelles il falloit bien que je misse ordre à travers la grille.

Mon pere m'avoit choisi pour Curateur ce Monsieur, qui avoit occasionné la découverte de la bougie, & qui avoit si bien combattu en ma faveur les raisons de mon pere. Il vint me consulter sur les dispositions où j'étois pour mon bien, & me dit qu'il attendoit que j'en vins prendre possession. Je voulus lui donner le pouvoir d'en disposer en faveur de ma famille; ne me réservant que ma dot & une pension modique. Il me dit que cela ne se pouvoit pas, attendu que je n'avois pas encore prononcé mes voeux; ainsi que jusques-là je ne pouvois rien faire, à moins d'en venir jouir moi-même; ce qu'il ne doutoit point qu'il ne fût. Il ajouta que le Voile m'aveugloit sur la situation de mon cœur; que tant qu'avoit vécu mon pere, le parti que j'avois pris, étoit le seul qui pût me soustraire à des engagemens qu'il m'auroit peut-être forcée de contracter ; qu'il avoi vu M. d'Her... depuis la mort de mon pere ; qu'il lui avoit confié des choses, qui lui permettoient de me représenter, qu'étant libre de ma main, je ne pouvois mieux faire que de la lui donner, pour récompenser sa constance. Sa constance ! m'écriai-je ; quoi, Monsieur, vous me parlez d'un homme qui m'a trahie, trompée ; vous dites l'avoir vu ? ah ! je ne doute point du motif qui vous fait agir, vous voulez connoître mes sentimens, afin de proportionner votre estime ; mais connoissez-moi, Monsieur. Quand M. d'Her.... ne seroit pas marié, que ses projets n'auroient pas réussi pour son établissement, comme il n'en seroit pas moins un lâche, il ne me seroit jamais de rien. J'ai eu la foiblesse de le croire honnête homme, j'ai bravé pendant long-tems la colere de mon pere, je croyois qu'il méritoit ma constance, je traitois de caprice le changement de mon pere à son égard; mais j'ai été convaincue du sien, à un point qui ne peut jamais lui faire honneur. Il m'avoit écrit plusieurs fois*, ses lettres me fortifioient contre tous les chagrins que j'essuyois; & lorsque je le crois le plus attaché à moi, j'apprens qu'il se marie à une Demoiſelle fort riche, & dont le bien n'étoit pas le motif qui le conduiſoit; que c'étoit une inclination.... Pardonnez, Mademoiſelle, me dit ce Monſieur, en m'interrompant: tout ce que vous me dites me confondroit, ſi je n'étois pas ſûr du contraire; mais, me dit-il, d'où vous ſont venues d'auſſi fauſſes nouvelles? De quelle part elles me viennent, répliquai-je? elles ne peuvent être ſuſpectes, Monſieur, je les tiens de ma Gouvernante. Quoi! reprit-il, Mademoiſelle Leclerc vous a écrit cela? je m'y perds: je retourne à Paris, je verrai votre Gouvernante, je ſçaurai approfondir ce

ce myſtere; & je ſuis perſuadé d'avance que vous avez été trompée : je vous en donnerai des preuves inconteſtables. Il me quitta à l'inſtant, & je retournai à ma chambre dans une agitation extrême. Iſidore vint m'y trouver, pour ſçavoir ſi la mort de mon pere ne nous ſépareroit pas. Ce trouble où elle me trouva, ne lui en laiſſa point de doutes. Quoi! me dit-elle, ma chere Amie, allez-vous me quitter? hélas! que deviendrai-je? le Couvent va m'être odieux. Avant que je vous connuſſe, la raiſon ſeule pouvoit m'y faire trouver de la douceur; mais j'en ai goûté bien d'autres, depuis que l'amitié nous a unies. Je ne pourrai même plus eſpérer la tranquillité dont je jouiſſois avant vous. Ah ! ma chere Iſidore, lui répondis-je, ſi vous ſçaviez en quel état ſe trouve mon pauvre cœur ; quel tourment il endure ; non, je n'ai jamais été plus digne de votre pitié : ſoutenez-moi contre le danger que je coure ; je quitte un homme qui m'aſſure de toute la fidélité de M. d'Her… qui le ſoutient innocent contre toutes les apparences, qui m'en a promis des preuves irrévocables. Je ſens tout mon amour ſe rallumer ; je ne ſçais ſi je dois déſirer ſa juſtification, ou de le trouver coupable. Mon cœur penche pour le premier mouvement, la raiſon le combat : car enfin s'il étoit conſtant, pourrois-je l'en récompenſer, ſans manquer à la mémoire de mon pere & à moi-même ? A la mémoire de mon pere, en ce qu'il eſt mort de douleur de me perdre, & dans l'idée que je ſerois Religieuſe. Toujours également irrité contre M. d'Her.... ne m'a-t-il pas même aſſez fait ſentir dans ſa lettre, qu'il avoit des craintes qu'il n'oſoit m'avouer ? n'étoient-elles pas fondées ſur cette répugnance qu'il emportoit au tombeau.... Ne ſeroit-ce pas manquer à moi-même, en laiſſant croire que j'aurois ſçu profiter de la tendresse de mon pere, pour le fraper par l'endroit le plus sensible; & qu'aussitôt que le coup m'a réussi, je leve le masque, en bravant sa cendre? Ne seroit-ce pas donner prise à la voix publique contre moi, malgré mon innocence?... non, ajoutai-je, quoi qu'il en soit, M. d'Her..... ne me sera jamais de rien; je sçaurai respecter la mémoire de mon pere, & soutenir ce dernier coup avec fermeté. Isidore me regardoit avec étonnement pendant ce discours; lorsque j'eus fini, elle me dit: Ah! ma chère Amie, tous ces combats ne m'annoncent que trop votre défaite. Vous voulez vous faire illusion à vous-même : je ſuis perſuadée même que vous voudriez avoir la force ſur laquelle vous comptez ; mais que vous ne trouverez plus, lorſqu'on vous aura convaincue de la conſtance de votre Amant. Ce n'eſt point encore lui qui s'eſt expliqué, il n'a qu'à vous écrire, venir peut-être lui-même, hélas ! vous ſerez bientôt décidée. Vous trouverez encore plus de raiſons pour conſtater celles qui vous feront agir, que vous n'en avez aujourd'hui pour imaginer le tort prétendu que vous auriez en cédant. Sainte Iſidore penſoit juſte, elle connoiſſoit mieux que moi la foibleſſe de notre ſexe. Quinze jours après mon Curateur revint accompagné de Mademoiselle Leclerc : je me ſentis émue jusqu'au fond du cœur en la voyant. Je laiſſai couler quelques larmes de joie. Elle m'éclaircit tout le myſtere de la prétendue inconſtance de M. d'Her... Je ſentis alors tout ce que m'avoit prédit Sainte Iſidore, par la joie intérieure qui s'empara de mon cœur, & dont je rougiſſois. Je voulus prouver, par des raiſons, l'impoſſibilité où j'étois de changer d'état, m'appuyant ſur les dernieres volontés de mon pere; mais c'étoit ſi foiblement, que cela reſſembloit plutôt à quelqu'un qui cherche des moyens pour autoriser son changement, qu'à une ferme résolution de tenir bon. Mais que devins-je, lorsqu'au milieu de notre dispute je vis entrer M. d'Her...? Sa vue me pétrifia, & sans perdre entierement connoissance, je restai immobile quelques minutes. Il se jetta à genoux devant la grille, me reprocha ma légereté; enfin ce fut lui qui m'accusa: Ingrate, me dit-il, avez-vous pu soupçonner la foi de mes sermens? j'aurois dû vous oublier, vous m'en montrez l'exemple; mais l'ai-je pu? que dis-je? je n'ai cessé un instant de vous adorer, malgré votre injustice. Est-ce ainsi que vous soulez aux pieds les ſermens les plus ſacrés ? le parjure ne vous fait point rougir ? ah ! me le ſerois-je jamais imaginé... Il s'arrêta pour entendre ma réponſe ; j'étois ſaiſie, étonnée, je ne ſçavois quel parti prendre, la vivacité de ſes reproches me prouvoit l'excès de ſon amour ; le pas étoit gliſſant, mon cœur étoit pour lui, il avoit volé au-devant de ſes excuſes ; je n'oſois ſuivre ce qu'il me dictoit, une ſorte de honte me retenoit ; je lui dis donc : Hélas ! êtes-vous fait pour toujours venir troubler ma tranquillité ? que ne me laiſſiez-vous une erreur qui faiſoit mon repos ? Il m'en avoit coûté pour m'y accoutumer, mais j'avois pris mon parti. Vous voulez absolument me rendre malheureuse, l'honneur me retient ici. Ce que je dois à mon pere, tout, en un mot, m'engage à persister dans l'état que j'ai embrassé. En ignorant votre innocence, j'aurois vécu tranquille, ma retraite auroit eu des douceurs pour moi; tout s'oppose à ce que je voudrois pouvoir faire pour vous, mais il m'en coûtera la vie... Prenez donc la mienne, ajouta-t-il, oui, cruelle, que craignez-vous?... Comme absorbé, il n'en put dire davantage pendant quelques minutes. Mes larmes s'étoient fait passage, cette tendre scène caufoit même de l'émotion aux fpectateurs. Puis tout d'un coup revenant à lui, & tombant encore une fois à genoux: Ma chere femme, me dit-il, car enfin vous l'êtes; en auriez-vous perdu le fouvenir? Chere D... fi le Ciel n'a pas accordé à mes vœux un gage de l'amour le plus tendre, qui me lie à vous pour jamais, en êtes-vous moins chere à mon cœur? en êtes-vous moins à moi? Etes-vous maitreffe d'offrir à Dieu un cœur, fur lequel un mortel a des droits? Enfin l'amour l'emporta: je lui fis cependant fentir quel éclat cette démarche alloit faire dans le monde; qu'on m'accuferoit d'avoir mis mon pere dans le tombeau; qu'à peine expiré, je foule aux pieds sa mémoire. Hé bien! répliqua-t-il, que nous importe? ne nous suffirons-nous pas à nous-mêmes? aurons-nous affaire de ceux qui parleront? J'étois vaincue: je demandai au moins un mois pour préparer ma sortie avec plus de décence: & je sortis. J'eus beaucoup de chagrin de quitter Sainte Isidore, c'étoit une bonne Amie; mais c'étoit pour voler dans les bras d'un tendre Amant, qui ne devoit jamais avoir avec moi d'époux que le nom. Je consolai cette pauvre fille; je lui promis souvent de mes nouvelles, & de la venir voir quelquefois : je lui ai tenu parole. Enfin six mois après la mort de mon pere, j'épousai Mr. d'Her... Ce que j'avois prévu arriva : ce fut l'histoire à la mode, jusqu'à ce qu'une autre eût fait oublier la mienne. Nous goûtons les douceurs d'une parfaite union, & nous sommes l'image du plus parfait mariage.....

Voilà donc enfin l'histoire de Madame d'Her... finie, ma chere Julie. Hélas ! à peine cueilloit-elle les fruits de toutes ses peines, que la mort inhumaine l'enleve à un mari qui l'adoroit. En vérité ses aventures sont tout-à-fait tragiques, presque tous les Acteurs ensanglantent la ſcène. Je ne crois pas ſa conduite abſolument exacte : car enfin ſon pere meurt de douleur de l'obſtination avec laquelle elle veut être Religieuſe. Il la croit revenue d'une paſſion qu'il n'approuvoit plus, elle fait elle-même ces réfléxions, & par conſéquent elle auroit dû finir le Roman en véritable héroïne. Mais, que dis-je ? je la condamne, & ſerois peut-être plus foible qu'elle n'a été ? ſoyons indulgentes aux autres, afin qu'on le ſoit pour nous. Adieu, ma chere Amie, la premiere fois, je vous enverrai l'hiſtoire de mes amours, puiſque vous le voulez abſolument. Cela ne laisse pas d'être fort plaisant, mon amour propre y trouve déjà son compte. Quoi! on me prie, on me presse d'écrire mes Mémoires: oh! je n'y pensois pas de croire qu'ils ne sont pas merveilleux; j'imagine que cela va me donner un titre qui fait tourner la cervelle à tant de gens, & qu'ils acquierent souvent à aussi bon marché. Adieu, mettez mes folies à profit.

LETTRE XX.

ENfin, graces à vous, me voilà donc Auteur ? mais si on le sçavoit, on en riroit, & Auteur femelle : à propos de quoi ? je n'en sçais rien. Je vous ai déja dit, ma chere Amie, qu'il n'y a rien d'intéressant dans le détail que vous exigez ; c'est la simple nature, point de coups de théâtre, qui souvent hors de vraisemblance, ont l'art de remuer l'ame, & d'étonner les Lecteurs. On n'aime que ce qui tient du prodige, l'uniformité ennuie, & est insipide. Je n'entreprendrai de vous donner que ce qui a occasionné ma connoissance avec le Chevalier ; les termes où nous en sommes ; voilà tout, & cela sera bientôt dit. Dans une maison où j'allois assez souvent, j'entendois toujours parler du Chevalier de *** l'un faisoit l'éloge de sa figure, l'autre plus solide, celui de son esprit, & de son caractere ; point de rivalités, chacun applaudissoit, & relevoit à l'envi ce qui échapoit à l'apologiste. Je voulus m'assurer si ce n'étoit point le ton de la maison, de fêter ainsi ceux qu'elle prenoit sous sa protection ; & j'imaginai bien qu'un mérite si rare ne seroit pas borné à ne briller que dans ce cercle. En effet, j'entendis

dis partout la même chose. Je voulus connoître cet homme merveilleux, si généralement estimé, & qui avoit l'art d'être aimable, sans se faire d'ennemis ni de jaloux. Je me fixai à aller si souvent dans cette maison, que je pouvois espérer de l'y rencontrer. Je ne fus cependant pas assez heureuse pour y réussir : j'en étois piquée, lorsqu'une Dame me proposa une partie de Campagne de laquelle le Chevalier devoit être, je l'acceptai ; on devoit partir avec lui ; autre accident, des affaires qui lui étoient survenues, l'empêcherent d'être du voyage ; il ne put arriver qu'au souper. On l'annonça, j'ouvris de grands yeux pour voir ce phénomene : son abord m'enchanta. Je vous ai fait son portrait. Sa conversation vive, legere, soutenue de tout l'esprit imaginable, sans y rien prétendre, m'ôta la force de parler. Je crois que je dûs lui paroître la plus sote personne du monde. Depuis son arrivée, toute la compagnie étoit plus brillante : il fournissoit de l'esprit à ceux qui en manquoient, il leur facilitoit les expressions, leur aidoit à déveloper leurs idées ; enfin, en se mettant à la portée de chacun, il leur prétoit ce qui leur manquoit sans qu'il y perdît. Moi seule je ne profitai de rien : je regardois sans voir, &

j'écoutois ſans entendre. Je ne tardai pas à m'appercevoir de l'impreſſion qu'il me faiſoit, & des progrès du goût qu'il m'inſpiroit; je ne perdis point de tems à me conſulter, ni à vouloir approfondir mon cœur. Je ſentois bien que c'étoit de l'amour qu'il avoit pour lui, je connoiſſois toute la conſéquence dont il étoit pour moi, de l'étouffer dès ſa naiſſance; & j'eſperois l'éteindre ſans peine, par le ſecours de ma raiſon. Il n'échapoit aucune occaſion, où il ne me donnât des preuves d'une diſtinction particuliere, & qui caractériſe ſi bien un amour naiſſant. Malgré tous ces appas, je formai le plan de ne point me laiſſer ſéduire : il ne pouvoit être mon mari, ſa fortune brillante, le rang qu'il occupoit, un pere & une mere infatués du vain point d'honneur du ſiécle ; tous ces obſtacles mettoient entre nous deux une barriere inſurmontable. Je m'en repoſai tant ſur ma prudence, que je fus priſe ſans le ſçavoir.

D'abord je l'évitai, enſuite je me contentai de ne pas le chercher. Il paroiſſoit en faire autant, & il ſe trouva, que nos réfléxions étoient les mêmes.

Nous ne devions par conſéquent pas craindre de nous rencontrer : bon, point du tout, c'eſt préciſément comme des gens qui font le tour d'un Jardin, dans un ſens oppoſé : ils commencent en ſe tournant le dos, & ils ſe rencontrent en chemin : cela nous arriva de même.

Non pas encore de ce voyage : nous revinmes à Paris, & pour lors ſans nous chercher, nous nous trouvions toujours : on retourna à la campagne, j'y fus invitée : j'héſitai cependant ; on y devoit reſter un mois, ce terme m'effraya ; j'aurois pu n'y pas aller, n'eſt-ce pas ? mais a-t-on aſſez de forces pour réſiſter à l'attrait du plaiſir d'être avec ce qui en fait ? J'hazardai donc d'en courir tous les riſques. Trois ou quatre jours après notre arrivée, le Chevalier me rencontra dans le Jardin : je lisois, il me loua d'une occupation aussi noble qu'utile ; il me proposa de me prêter des livres, le seul goût que j'avois pour la lecture me fit accepter sa politesse. Il m'engagea à lire en nous promenant, c'étoit sans conséquence : je voulois seulement profiter des remarques qu'il étoit en état de me faire faire, & par ce moyen perfectionner mon goût, en profitant du sien qui étoit sûr. Je tenois pour lors les charmants soirs de Mr. de Fontenelle. J'avois en vérité besoin d'un guide comme lui, pour ne pas m'égarer dans quelques tourbillons : je craignois avant lui que la terre ne fît quelque faux pas. Il me donna, en un mot, l'amour des ſciences ; j'entens de celles qui ſont permiſes aux femmes, ſans leur faire craindre de ridicule avec celles qui ne connoiſſent d'autre art de plaire, que celui de poſer avantageuſement une mouche, & de nouer un ruban avec élégance. Enfin nous nous aimâmes tout de bon, ſans nous en douter : une preuve, c'eſt que je ne me plaiſois plus qu'en ſa compagnie. Je crus d'abord que c'étoit l'émulation d'être ſçavante, ou plutôt je voulois lui faire croire. Il ne put tenir lui-même plus longtems, il s'imaginoit que je ne comprenois pas par ses attentions ce qu'il pensoit pour moi; il se déclara, & ne fut pas cérémonieux : un Philosophe est naturel & précis : il me dit tout simplement qu'il m'aimoit. Je fus étourdie d'une déclaration si peu ornée & si naïve. Si j'avois été entichée du goût romanesque, j'aurois été offensée, j'aurois voulu être une héroïne plus fêtée, j'aurois exigé longtems de tendres regards, de profonds soupirs, des respects sans bornes, une soumission aveugle, une déférence entiere à tous mes caprices; enfin faire filer le parfait amour au moins cinq ou six

six ans, & ne me rendre qu'aux derniers soupirs d'un Amant expirant de langueur pour mes beaux yeux. Mais je n'avois jamais lu ces livres, qu'avec une espéce de compassion pour tant de gens, qui par une application plus noble, & en s'occupant de choses plus sérieuses, auroient pu être utiles, & faire un meilleur usage d'une plume féconde en futilités. J'étois donc un peu philosophe par ma façon de penser, & je ne me fâchai point. Il ne faut pas être grand Orateur pour persuader l'Amour: je ne doutai point que le sien ne fût sincere; il essaya de tirer de moi un aveu que je lui aurois fait avec plaisir, mais que je n'osois hazarder. Il ne put rien gagner cette fois, il m'écrivit, & il étoit pressant; on ne rougit point sur le papier, je le satisfis par une lettre. Je ne sçavois comment la lui faire tenir, il auroit paru singulier que demeurant ensemble, j'en eus chargé quelqu'un; je me réservai donc à la donner moi-même; c'étoit plaisant, & tenoit encore de l'adolescence; mais n'est-on pas même pire quand on aime? la raison est presqu'égarée. Il logeoit sur le même Corridor que moi, il venoit étudier quelquefois dans un Cabinet qui précédoit sa chambre. Je l'épiai, je fus lui jetter ma lettre, & me sauvai à ma

Chambre. Je lui avouois ingénument mes ſentimens, ma crainte pour un amour qui pourroit finir bientôt par ſes réflexions; qu'il y avoit tout à redouter d'un Philoſophe; que peut-être l'ennui de la Campagne lui faiſoit chercher un amuſement; que je mourrois de douleur, ſi m'étant livrée à mon goût pour lui, la raiſon & l'étude me l'enlevoient. Il accourut tout tranſporté à mes genoux, me baiſa mille fois les mains. Sa vivacité ne me donnoit pas le tems d'éviter ſes tranſports. Il me dit une infinité de choſes plus tendres & plus flateuſes les unes que les autres. Je n'avois pas la force d'y répondre.

Il se leva, & fut m'écrire le billet qui suit.

BILLET.

On ne peut écrire avec plus de goût & de plus naturel que vous le faites. Une seule lettre de votre main, peut vous rendre plus sure de la possession de mon cœur, que les traits d'une figure aimable, dont la nature vous à pourvue ; soyez persuadée que tout homme qui pense, est plus jaloux du sentiment que de la beauté ; & quand on réunit comme vous l'un & l'autre, n'est-ce pas le comble de la satisfaction pour moi qui vous adore, que de trouver une supériorité peu commune dans l'expression de ce même sentiment qui vous anime. Vivez dans une confiance parfaite, avec des talens si doux; livrez-vous à l'amour le plus tendre, & que votre esprit rendra immortel : continuez à le cultiver par la lecture; & n'en ayez pas moins bonne opinion de ma tendresse, si vos heureuses dispositions me portent à vous donner des Conseils raisonnables, quoique pour l'ordinaire, l'Amour ne se pique point de raison.

Ce style étoit un peu métaphysique, mais il ne diminua en rien l'amour que j'avois, &

ne fit point de tort au sien dans mon cœur. Si ç'eût été un petit Maître qui m'eût écrit, il auroit été plus vif, plus ampoullé, & m'auroit moins persuadée. Depuis ce jour nous n'avons fait qu'augmenter de goût l'un pour l'autre; il est étayé trop solidement pour qu'il puisse manquer; nous n'avons point d'instans qui ne soient employés, & dont nous ne profitions par d'utiles études. Ce sont nos plaisirs, qui ne seroient peut-être pas goûtés de tout le monde, mais qui font ma félicité, en le rendant heureux lui-même.

Voilà, ma chere Julie, ce que vous désiriez tant de sçavoir : avouez que vous comptiez, au moins, sur un Roman de deux parties : hé bien ! revenez de votre erreur. Si quelques événemens peu prévus me font perdre son cœur, je vous ferai part de mes regrets. Adieu, ma chere Amie, souvenez-vous de la promesse que vous m'avez faite, de m'envoyer par retour de ma complaisance, ce que vous dites tant que j'ignore, & qui fait partie des malheurs que vous avez éprouvés en aimant le Comte. Vous pouvez croire vos secrets comme n'étant point sortis de votre cœur; ils ne seront jamais trahis, lorsque vous ne les aurez confiés qu'à moi. Je vous embrasse de tout mon cœur.

LETTRE XXI.

De Julie à Emilie son Amie.

IL est juste, belle Emilie, que je réponde à la complaisance que vous avez eue pour moi; mes désirs étoient aussi fatiguans pour vous, qu'ils étoient capricieux de ma part : vous les avez satisfaits, je vous dois du retour. Je vous ai trop d'obligations pour hésiter : vous avez bien voulu vous prêter à ma triste situation, & vos conseils n'ont pas peu contribués à rappeller ma raison. J'avois cependant espéré ne devoir jamais me retracer des faits qui me font rougir.

Nous étions dans les Fêtes du Carnaval, je fus invitée à un Bal : la liberté de ces sortes de Fêtes, l'étourderie dont j'étois, me fit préférer un déguisement en Cavalier, à ceux qui sont destinés à l'usage de notre sexe. Je suis grande, & cet habit me prêtoit sans doute des graces. Je fus reconnue pour femme, & j'attirai les regards de l'Assemblée, & particulierement ceux du Comte de *** qui étoit à ce Bal : il me suivoit, m'examinoit, ne me quittoit point ; il me parla, & voulut m'engager à me démasquer ; mon refus ne fit qu'irriter sa curiosité : je n'étois pas fâchée de son empressement. Quoique souvent nous ne sentions rien pour ceux qui nous trouvent aimables, notre amour-propre en est toujours satisfait ; & il n'y a point de femmes, quelque séveres qu'elles puissent être, qui ne soient flatées de l'impression que font leurs charmes.

C'est un petit tribut qu'exige, & reçoit avec plaisir une espéce de coquetterie, d'autant plus excusable, qu'on ne la devine pas. Le Comte vouloit donc me connoître, il s'informa, ses peines furent inutiles; il s'attacha alors à ne me point perdre de vue, & me suivit en sortant. Peu de jours après il trouva le moyen de se faire amener chez moi: il fit toutes les grimaces nécessaires pour me prouver qu'il étoit fort amoureux; il me plaisoit, & en peu de tems je sentis mon goût se décider pour lui. La liberté dans laquelle je vivois, favorisoit mon inclination. Jusques-là j'avois pris le parti de ne jamais me marier, puisque j'étois restée maîtresse de mes volontés, & d'un bien considérable; j'en voulois jouir, ou ne donner l'un & l'autre qu'à l'inclination. S'il avoit été honnête homme, j'aurois été trop heureuse. Il me proposa donc le mariage, c'étoit où je l'attendois, & le seul but que je me proposois. Il parut enchanté de mes dispositions pour lui, & me dit qu'avant, il étoit obligé de faire un voyage dans ses terres, pour mettre ordre à son bien, & recevoir de ses Fermiers qui lui devoient considérablement; m'assura d'un prompt retour, & que nous conclurions aussi-tôt une cérémonie qui assureroit sa félicité. Il exigea que j'éloignasse de moi quelques amis qui ne lui plaisoient pas, sans doute parce qu'ils m'auroient pu préserver par leurs conſeils de tomber dans l'abîme dans lequel je me précipitois. Peu-à-peu il parvint à me faire trouver ſeule vis-à-vis de lui. Tous les jours je recevois des avis, mais je les regardois comme l'effet de la jalouſie de ceux qui me les donnoient ; & pour me ſouſtraire à ces importunités, je pris le parti de me retirer à ma Campagne. Dès que j'y fus, il y vint tout tranſporté du ſacrifice que je lui faiſois ; il parut très-empreſſé de partir, afin d'accélerer l'inſtant qui devoit, diſoit-il, le rendre le plus heureux des hommes, hélas ! & me rendre bien infortunée. La veille de ſon départ, il me parut inquiet & embarraffé, je lui en demandai la raifon, il la rejetta fur l'inftant de notre féparation qui approchoit; mais devenant plus fombre, je me doutai qu'il y avoit d'autres motifs que ceux qu'il fuppofoit. Je m'y pris de tant de façons que je parvins à lui tirer l'aveu de fon chagrin. Il me dit qu'il fe trouvoit dans un cruel embarras, qu'il avoit arrangé fes affaires pour partir, qu'il avoit compté fur de l'argent qui lui étoit dû, & qu'il ne voyoit nulle apparence d'en recevoir; qu'il ne pouvoit cependant reculer une affaire d'honneur, à laquelle il étoit obligé de fatisfaire. Je lui reprochai de ne s'être pas tiré plutôt de cet embarras en me le confiant, & à moi de ne m'avoir pas épargné l'inquiétude qu'il m'avoit causée. Je lui comptai cent louis, qui étoit la somme dont il disoit avoir besoin. Il s'en fut le lendemain à Paris prendre quelques arrangemens, & ensuite s'en aller à ses Terres. Il ne me dit point adieu, mais il me laissa ce Billet.

BILLET.

Je ne puis me résoudre à vous faire des adieux qui vous attendriroient trop. Jugez quelle violence je me fais pour m'éloigner de vous, sans m'assurer encore une fois, par des sermens, de la fidélité que vous me garderez; mais en puis-je douter, après ce que vous avez fait si généreusement pour moi? Non, pardonnez un amant tendre, passionné & jaloux d'un cœur, qui peut seul le rendre heureux. Ayez soin de votre santé; songez quelquefois à moi, & croyez que j'abrégerai mon voyage au prix de tout mon bien, s'il le falloit, pour me rapprocher bientôt de vous.

Ce Billet n'étoit point signé; je n'y fis pas attention dans le moment, je fus assez simple pour verser des larmes: cependant l'espoir de le revoir bientôt

tôt, les essuya. Je passai les premiers jours avec tranquillité; j'attendois toujours de ses nouvelles, mais vainement. Un mois se passa, & je m'alarmai véritablement; je crus qu'il lui étoit arrivé quelqu'accident; je recourois à tous les moyens qui pouvoient m'en instruire, & je pris le parti d'aller à Paris, pour en avoir des nouvelles. J'étois prête à monter en carrosse, lorsqu'il arriva. Ma joie fut si vive que je perdis connoissance; je ne revins que dans mon appartement. Il étoit près de moi, tenoit une de mes mains; à côté de lui étoit un Ecclésiastique, qui m'étoit inconnu, & dont la physionomie étoit aſſez trompeuſe pour qu'on lui déférât ſans héſiter le titre d'honnête homme. Je ne contraignis point mes ſentimens devant cet homme ; je donnai à ma tendreſſe tout l'eſſor, & je ſoulageai mon cœur. Je le grondai de ſon ſilence ; il m'aſſura m'avoir écrit, parut étonné ; regarda l'Abbé d'un air myſtérieux ; enſuite me dit qu'il n'y avoit qu'un Oncle, avec lequel il étoit venu, qui pouvoit avoir intercepté ſes lettres ; que cet Oncle lui avoit propoſé un établiſſement très-avantageux, qu'il l'avoit refuſé, prétextant ne vouloir jamais ſe marier ; que ſon Oncle n'en avoit pas paru bien convaincu ; que ſans doute il avoit ſurpris ſes lettres, qu'il alloit à Paris pour s'en é-claircir ; que cela étoit important pour des raisons qu'il me diroit à son retour; me recommanda M. l'Abbé, disant qu'il me tiendroit agréablement compagnie, qu'il étoit fort amusant & ensuite il remonta à cheval. Je restai avec une confiance parfaite sur tout ce que m'avoit dit ce scélérat. Je fis quelques questions à celui qu'il avoit laissé pour substitut, qui s'acquitta parfaitement de son rolle. J'eus mille peines à tirer de lui ce qu'ils étoient convenus qu'il me diroit ; enfin, comme s'intéressant assez à moi pour trahir en ma faveur les prétendus secrets du Comte, il me dit qu'il sçavoit à quel point j'en étois aimée, qu'il se proposoit de m'épouser incessamment; mais qu'il y avoit une petite difficulté, que si je ne passois pas par-dessus, le Comte en mourroit de douleur. Je fus agitée de divers mouvemens; je le pressai d'achever sa prétendue confidence; il m'avoua donc que le Comte peu riche attendoit de cet Oncle une succession considérable, que les refus qu'il avoit faits d'accepter de sa main une femme, l'irriteroit, s'il se marioit aujourd'hui; & que pour éviter les effets de la colére de cet Oncle, il devoit me proposer un mariage secret. Et que m'importe à moi, lui dis-je; est-ce l'ambition qui m'attache à lui ? Qu'il connoît mal ma façon de penser ! Ah ! Monsieur, continuai-je, un mariage de cette nature me flattera bien plus qu'il ne m'affligera; dispensée des usages, qui séparent bien plus qu'ils n'unissent un mari & une femme, pour les faire appartenir à la société, je serai toute à lui ; je resterai à ma campagne ; il ira à Paris quand il voudra ; il sera sûr que rien n'aura éloigné son idée ; qu'elle n'aura point été écartée par des plaisirs qui sont plus à charge qu'amusans, quand on aime bien ; nous serons toujours amans ; le mystere qui assaisonnera une telle union, m'en assurera la félicité ; nous n'aurons que le nom d'époux, & la néceſſité de le taire, nous rendra pour toujours heureux. C'eſt à merveille, dit ce fourbe ; ce ſuccés paſſe les eſpérances de Monſieur le Comte ; mais une choſe qu'il redoute comme moi, c'eſt que ſon Oncle (ſçachant qui vous êtes, & où vous êtes, par la ſuſcription des Lettres interceptées) ne prenne des meſures que nous ne pourrions parer. Il avoit deſſein de vous propoſer (ſuppoſé que vous acceptaſſiez le mariage ſecret) de vous rendre dans une de ſes terres, où il a un fort beau Château, & où je ſuis Chapelain ; que dans cet endroit, vous l'épouſeriez abſolument *incognitò* ? que vous y reſteriez jusqu'à ce que les idées de l'Oncle fuſſent éloignées ; & qu'après vous reviendriez dans vôtre maiſon. Ah ! partons, (lui dis-je) Monſieur, ne différons pas, ſurprenons-le ; & lorſque vous m'aurez conduite chez lui, vous irez le rejoindre, & lui dire tout ce que je fais pour lui, le preſſer de hâter ſon retour, & de finir mes alarmes. Ce malheureux parut réfléchir quelques minutes, & enſuite approuva mon projet. Il me dit que puiſque j'étois déterminée, il n'y avoit point de tems à perdre ; que pendant que le Comte étoit auprès de ſon Oncle, ce dernier ne ſoupçonneroit point le lieu de ma retraite, ſuppoſé qu'il ſe fit informer. En vingt-quatre heures je fus à Paris; je pris de l'argent d'avance ſur mes rentes; je me défis d'une partie de mes bijoux; enfin je ne croyois pouvoir prendre trop d'argent. Nous partîmes en poſtes: nous arrivâmes qu'il étoit prêt de minuit à . . . . . . en Provence. Cet endroit me parut moins un Château qu'une vaſte maiſon antique; mais l'Amour en habile artiſte lui prêta bientôt tous les agrémens qui lui manquoient; il n'y avoit pour tout domeſtique qu'une vieille femme; elle ouvrit, non ſans quelques peines.

J'entendis

J'entendis fort bien que l'Abbé ne se renomma point du Comte, & puis n'auroit-il pas dû être connu lui-même ? Je ne fis d'abord qu'une légere attention à toutes ces choses : il donna deux Louis à cette femme, qui l'a déterminerent. J'étois excédée d'avoir couru plusieurs jours sans relâche. Je me couchai, & dormis sans inquiétudes jusqu'au lendemain trois heures après midi, que je me levai ; j'appellai ma femme de chambre, qui me parut triste : elle me dit que Monsieur l'Abbé étoit allé parler à M. le Curé, afin que tout fût prêt à l'arrivée du Comte, qu'ensuite il avoit fort recommandé à cette fille de ne point sortir de la maison; qu'il avoit encore parlé fort longtems à la vieille femme; qu'à son prétendu retour de chez M. le Curé, il avoit monté à cheval, en recommandant qu'on eût bien soin de moi, & avoit dit à ma femme de chambre qu'il reviendroit avec le Comte. Enfin (ajouta cette fille) je crains quelques malheurs pour vous; je ne puis, dit-elle, démêler la cause de mes idées, mais elles sont sinistres. Je la traitai de folle, & ma prévention étoit montée à un point que rien ne m'a pû faire oublier, ma confiance; je dînai tranquillement; trois jours se passerent sans que j'eus de nouvelles ; le quatriéme je commençai de m'alarmer, il me prenoit des saisissemens que je n'attribuois qu'à ce que je me trouvois si isolée, dans un pays inconnu ; le sixiéme jour j'étois à me promener dans le Jardin, lorsqu'on m'annonça le Comte. Il m'assura d'une reconnoissance éternelle pour tout ce que je faisois pour lui ; il me dit qu'étant retourné chez moi le même jour de notre départ, & ne m'ayant point trouvée, qu'il s'étoit bien douté où nous étions allés ; qu'il avoit suivi nos pas, après s'être muni de ce qui nous étoit nécessaire en cas de conclusion, qu'il avoit rencontré M. l'Abbé en chemin, & qu'il avoit volé, pour venir assurer son bonheur. L'Abbé lui dit qu'il avoit pris aussi toutes les mesures convenables vis-à-vis du Curé; ils montrerent l'un & l'autre de faux papiers, que je ne voulus point examiner, sans doute, par une suite de mon indiscrete confiance. Il fut arrêté que nous serions mariés à minuit, dans la Chapelle; nous avions pour témoins des gens que je n'ai jamais revus. Dès que minuit fut sonné, nous descendîmes à la Chapelle, qui n'avoit l'air que d'un Caveau; les murs en étoient verds, l'Autel démantibulé; cela n'y faisoit rien pour la ſolidité du mariage, il n'en auroit pas été moins bon, s'il avoit été régulier. Nous fûmes donc mariés, mes pleurs coulerent après la cérémonie, ſans ſçavoir pourquoi, ſoit que ce fût un preſſentiment, ſoit parce que la cérémonie étoit dénuée de tous les apprêts ordinaires, qui contribuent à égayer de telles Fêtes. Enfin un triſteſſe affreuſe s'empara de mon cœur.... Lorſque je fus rentrée dans mon appartement, je m'abandonnai aux larmes; ſans que rien fût capable d'en arrêter le cours; ma femme de Chambre étoit auſſi éplorée que moi; le Comte ſe tourmentoit, pour ſçavoir le ſujet de notre douleur : hélas ! il ne m'étoit pas connu, je l'ignorois. Je me mis au lit, & quoi que le Comte pût faire, il ne parvint pas à détruire la cause de mon chagrin, tout au plus, il en suspendit les effets. Il me demanda ce que j'avois apporté d'argent, je lui en rendis compte ; la somme se montoit à huit mille livres : n'étois-je pas folle ? Il me fit des reproches d'en avoir tant apporté. Huit jours se passerent, au bout desquels l'Abbé disparut, sous des prétextes qui ont échapé à ma mémoire. Le Comte alloit souvent à la Chasse, je fus surprise, un jour, de ne point le voir revenir ; je passai la nuit à l'attendre; le lendemain j'envoyai chercher par tout où l'on pouvoit en avoir des nouvelles; mes alarmes devinrent sérieuses, je craignois pour sa vie, & rien de sa perfidie. Le troisiéme jour de mes inquiétudes la fiévre me prit, je gardai le lit. Un matin la Vieille entra dans mon appartement, me remit un mémoire de ma dépense depuis que j'étois chez elle; je fus frapée comme d'un coup de foudre; je m'évanouis. En reprenant mes sens, je sentis que j'étois couverte d'un opprobre éternel. J'eus encore assez de force pour questionner cette femme: elle me dit que l'Abbé m'avoit fait paſser pour une Dame qui sortoit d'une grande maladie, & qui venoit prendre l'air de la Campagne, pour se rétablir ; qu'il lui avoit assuré que j'étois amie du maître de la maison ; qu'il avoit toujours recommandé qu'on eût soin de moi, & que l'on seroit récompensé ; que quelques jours auparavant il lui avoit encore répété la même chose : & c'étoit précisément celui qu'il avoit disparu. Je n'eus pas lieu de douter d'un malheur trop constaté, il ne s'agissoit plus que d'en dérober la connoissance. Ma femme de Chambre me rappella avec douceur ce qu'elle m'avoit prédit. Je me fis apporter mon Secrétaire, pour payer cette femme. Que devins-je ? quand je le trouvai forcé, & cinq ou six louis épars dans le coffre ; je ne l'aurois pas cru capable de porter les choses jusqu'à la friponnerie ; car enfin quel autre que lui eût pu faire ce coup ? Il falloit prendre un parti, je priai cette femme d'aller chercher Monsieur le Curé, elle me l'emmena ; je m'enfermai avec lui ; & sous le sceau de la Confession, je lui contai mon aventure. Il en frémit, il étoit honnête homme, le cas étoit grave : un autre m'auroit conseillé de me venger par les voies de la Justice ; mais il me dit, au contraire, de remercier le Ciel de ce que mon déshonneur n'étoit pas public ; de laisser à Dieu le soin de ma vengeance, puisqu'en la remettant aux hommes, je divulguerois ma honte, & déshonorerois ma famille : il essuya charitablement mes larmes, me fit une douce morale, me conseilla de partir de ce lieu le plutôt que je pourrois, & m'offrit sa bourse. J'acceptai volontiers ce que je crus avoir besoin, & je revins chez moi. J'ai satisfait le Curé, & lui ai fait un présent. Depuis ce tems je n'ai plus revu le Comte, je me suis tenue à ma Campagne pour l'éviter ; d'ailleurs je n'oserois me montrer dans le monde, j'imagine qu'on liroit mes malheurs sur mon front. Convenez donc, ma chere Emilie, qu'il y a peu de femmes plus à plaindre que moi : ma bonne foi, ma naissance, n'auroient-elles pas dû me mettre à l'abri d'une infortune sans exemple ? Fatal aveuglement ! amour malheureux ! Hélas ! quand une fois on s'est livré trop légérement aux douceurs qu'il promet, rien n'est capable de rappeller à la raison, dont il est le poison. Vous êtes heureuse, dites-vous ; vous n'êtes point guidée par une passion aveugle, une tendre amitié vous unit au Chevalier, je le souhaite ; mais craignez de vous abuser : les revers sont cruels. Ne négligez point mes avis, s'ils ne tendent point à vous reprocher un attachement aussi solide que vous le peignez, ni à vous engager de le rompre; je vous conseille seulement de prendre garde à la méprise. Si j'avois été capable moi-même des réfléxions que je vous invite à faire, je pourrois aller aujourd'hui sans rougir : mais ma tache est ineffaçable. Ne blâmez donc plus mon obstination à rester à la Campagne, tout doit m'engager à la retraite; & à présent que je vous ai faite dépositaire de mes secrets, vous en conviendrez. Mon état ne me coûte plus rien; mon parti est pris. De la part du Comte, je ne crains point d'indiſcrétion, il y eſt trop intéreſſé, pour ne pas garder le ſilence; il ſe perdroit lui-même, en révélant un ſi terrible ſecret.

Adieu, ma chere Emilie, continuez à m'envoyer les nouvelles de Paris; aimez toujours votre Chevalier, il paroît le mériter; mais que ce ſoit plus comme un ami que comme un Amant; cela ſera bien plus durable: & que de plaiſirs en évitant bien des peines!

FIN.

www.ingramcontent.com/pod-product-compliance
Ingram Content Group UK Ltd.
Pitfield, Milton Keynes, MK11 3LW, UK
UKHW031856260826
14628UKWH00002B/799